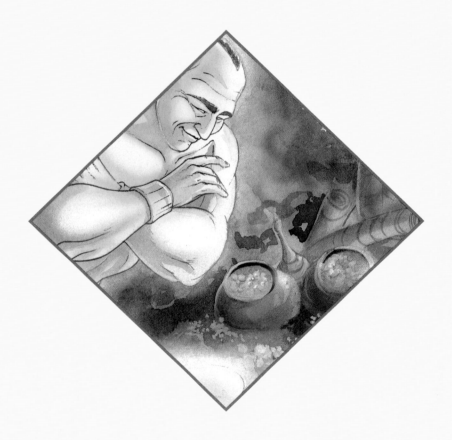

© 1995 Les Éditions Tormont Inc., 338, rue Saint-Antoine Est, Montréal, Canada H2Y 1A3, Tél. : (514) 954-1441, Fax : (514) 954-5086

Illustrations : Zapp Conception graphique : Zapp Textes : Nicole Ferron

ISBN 2-89429-663-0   Imprimé aux États-Unis

ALADIN
ET LA
LAMPE MAGIQUE

IL ÉTAIT une fois une veuve qui vivait avec son jeune fils, Aladin. Comme ils étaient très pauvres, Aladin accepta la pièce en argent que lui offrit, un jour, un étranger en échange d'un petit service.

– Que voulez-vous que je fasse? demanda Aladin.

– Suis-moi, répondit le mystérieux étranger.

L'ÉTRANGER et Aladin s'éloignèrent du village et prirent la direction de la forêt où Aladin aimait bien s'amuser. Ils ne tardèrent pas à s'arrêter devant l'étroite entrée d'une caverne qu'Aladin n'avait encore jamais remarquée.

– Je ne me souviens pas de cette caverne, s'exclama le jeune homme. A-t-elle toujours été là?

L'étranger ne prit pas la peine de lui répondre.

– Je veux que tu te glisses à l'intérieur, dit-il, et que tu me rapportes ma vieille lampe à huile. Je le ferais bien moi-même, mais je suis trop gros.

– D'accord, fit Aladin. Je vais aller la chercher.

– Une chose encore, ajouta l'étranger. Ne touche à rien d'autre, tu m'as bien compris? Je veux juste que tu me rapportes la lampe à huile.

Le ton qu'avait pris l'étranger ne plaisait guère à Aladin. Il pensa même s'enfuir à toute vitesse. Puis, se rappelant la pièce d'argent promise, il se dit que sa mère serait bien heureuse de l'avoir pour acheter de la nourriture.

– Ne vous inquiétez pas, dit alors Aladin. Je rapporterai la lampe.

Il se glissa dans l'entrée étroite et se retrouva dans la caverne.

IMAGINEZ la surprise d'Aladin lorsqu'il aperçut une vieille lampe à huile qui dégageait juste assez de lumière pour permettre de voir que la caverne était remplie de pièces d'or et de bijoux précieux!

«Si l'étranger ne désire que la vieille lampe, pensa Aladin, soit qu'il est fou soit qu'il est sorcier; oui, je crois qu'il est plutôt sorcier.»

– Donne-moi ma lampe! tonna l'étranger de l'extérieur de la caverne.

– D'accord, mais laissez-moi d'abord sortir, répliqua Aladin en commençant à se glisser dans l'étroit passage.

Mais le sorcier lui bloqua le chemin.

– Donne-moi d'abord ma lampe! exigea-t-il.

– Non! cria Aladin.

Soudain, le sorcier repoussa Aladin qui refusait de lui céder la lampe. Il était tellement furieux qu'il ne se rendit pas compte que l'anneau qu'il portait au doigt avait glissé et roulé aux pieds d'Aladin.

Un grondement se fit alors entendre. C'était le sorcier qui faisait rouler une grosse pierre devant l'entrée pour empêcher Aladin de sortir.

UNE PROFONDE obscurité envahit la caverne. Aladin était effrayé. Allait-il être prisonnier pour toujours?

Dans sa détresse, il ramassa l'anneau, le glissa à son doigt et le fit tourner tout en cherchant un moyen de s'échapper.

Soudain, il fut baigné d'une lumière rosée et un génie souriant lui apparut.

– Je suis le génie de l'anneau. Quel est ton désir, Maître?

Aladin était tellement étonné que, pendant un instant, il fut incapable de prononcer un seul mot. Finalement, il dit tout simplement :

– Je voudrais rentrer chez moi.

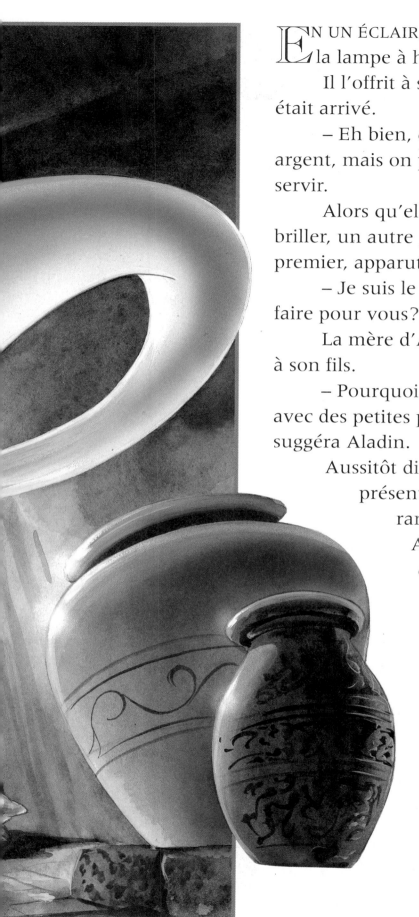

EN UN ÉCLAIR, Aladin se retrouva chez lui avec la lampe à huile dans les mains.

Il l'offrit à sa mère et lui raconta ce qui lui était arrivé.

– Eh bien, dit-elle, ce n'est pas une pièce en argent, mais on peut au moins la nettoyer et s'en servir.

Alors qu'elle frottait la lampe pour la faire briller, un autre génie, encore plus grand que le premier, apparut et s'inclina.

– Je suis le génie de la lampe. Que puis-je faire pour vous?

La mère d'Aladin, stupéfaite, se cramponna à son fils.

– Pourquoi ne pas demander un bon repas avec des petites pâtisseries turques pour dessert? suggéra Aladin.

Aussitôt dit, aussitôt fait! Le génie leur présenta des plateaux remplis de mets rares et succulents. De toute sa vie, Aladin n'avait jamais goûté autant de plats.

Ce jour-là, Aladin et sa mère mangèrent à leur faim et il en fut ainsi pendant des années. Aladin devenait grand et fort, et sa mère n'avait plus besoin de travailler pour d'autres. Ils se contentaient de peu pour vivre et le génie prenait soin d'eux.

Un jour, alors qu'Aladin était devenu un beau jeune homme et qu'il se promenait sur la place du marché, il aperçut la fille du sultan passer dans une chaise à porteurs.

Un seul regard suffit à Aladin pour qu'il tombe éperdument amoureux d'elle. Il se précipita alors chez lui.

– C'est le plus beau jour de ma vie, confia-t-il à sa mère. Je viens d'apercevoir la seule femme que je souhaite épouser.

Sa mère lui offrit donc d'aller demander la main de la princesse Halima au sultan. Et, pour l'occasion, le génie lui procura une petite boîte pleine de bijoux qu'elle présenta au sultan.

Impressionné par le présent, le sultan déclara :

– Ma fille doit être protégée tous les jours de sa vie. Comment puis-je savoir si ton fils est suffisamment riche pour pourvoir au bien-être de Halima ? Dis-lui de me fournir quarante magnifiques étalons arabes portant quarante grands coffres remplis de ces pierres précieuses et quarante guerriers pour les escorter.

LA MÈRE d'Aladin rentra aussitôt chez elle et rapporta les paroles du roi à son fils.

— Où allons-nous trouver tout ce qu'exige le sultan ? s'inquiéta-t-elle.

— Demandons au génie de la lampe, répliqua Aladin, plein d'espoir.

Comme d'habitude, le génie sourit gentiment et s'empressa d'obéir aux ordres d'Aladin.

En deux temps trois mouvements, quarante magnifiques chevaux piaffaient le sol d'impatience, chargés de grands coffres remplis de saphirs, de rubis, de diamants et d'émeraudes. Quarante soldats à cheval portant turbans blancs et grands cimeterres attendaient les instructions d'Aladin.

– Vivement au palais du sultan! annonça fièrement Aladin.

LE SULTAN, ravi des présents qu'Aladin lui offrit, se rendit compte que le jeune homme était vraiment déterminé à obtenir la main de sa fille. Peu après, Halima et Aladin se marièrent, et Aladin fit construire un grand palais juste à côté de celui du sultan, avec l'aide du génie, bien entendu.

Le sultan était fier de son gendre et Halima était très amoureuse de son mari qui était à la fois bon, attentif et généreux.

MAIS le bonheur du couple fut interrompu lorsque le méchant sorcier revint dans la ville, déguisé en marchand.

– Échangez vos vieilles lampes à huile contre des neuves! criait-il d'une fenêtre à l'autre, et les femmes troquaient avec joie leurs vieilles lampes contre des neuves.

– Par ici! lança Halima au vieil homme, prenez aussi la mienne, ajouta-t-elle en tendant la lampe qui abritait le génie.

Aladin ne lui avait pas révélé le secret de la lampe et maintenant, il était trop tard!

LE SORCIER frotta la lampe et donna un ordre au génie. En une fraction de seconde, Halima et le palais montèrent très haut dans les airs et furent emportés jusqu'aux terres lointaines du sorcier.

– Maintenant, tu seras ma femme! lança le sorcier avec un rire cruel.

La pauvre Halima se jeta sur des coussins et pleura amèrement.

LORSQU'IL revint chez lui, Aladin s'aperçut que son palais et tout ce qu'il aimait avaient disparu. Il se souvint alors de l'anneau et le frotta à trois reprises.

– Grand Génie, qu'est-il arrivé à ma femme et à ma maison? demanda-t-il.

Le sorcier qui t'avait enfermé dans la caverne il y a bien des années est revenu, Maître, expliqua le génie. Et il a amené ta femme, ton palais et la lampe dans son royaume.

– Je te prie de me les rendre à l'instant! demanda Aladin.

– Je ne peux que t'y emmener, répliqua le génie. Mes pouvoirs ne sont pas aussi grands que ceux du génie de la lampe.

C'était au moins un début.

Peu après, Aladin était dans le palais du sorcier.

Il traversa les pièces sombres sur la pointe des pieds et trouva enfin Halima.

Aladin la serra contre lui tandis qu'elle essayait de lui expliquer ce qui était arrivé.

– Chut ! murmura Aladin, ne dis pas un mot avant que nous trouvions un moyen de nous enfuir.

Ensemble, ils mirent au point un plan. Halima devait empoisonner le sorcier avec un liquide que lui avait remis le génie de l'anneau.

Tout en préparant le repas du soir, Halima versa le poison dans un verre de vin qu'elle offrit ensuite au sorcier. Elle le regarda boire avec un tel sourire que le sorcier ne la quitta pas des yeux et but jusqu'à la dernière goutte. Presque aussitôt, il tomba raide mort sur les coussins.

ALADIN courut vite dans la pièce, prit la lampe à huile qui était dans la poche du sorcier et se mit à la frotter avec vigueur.

– Je suis heureux de revoir mon bon maître, dit le génie en souriant. Devons-nous rentrer, maintenant?

– Sur-le-champ! s'écria Aladin, et le palais s'éleva bien haut dans les airs et flotta comme dans un rêve jusqu'au royaume du sultan.

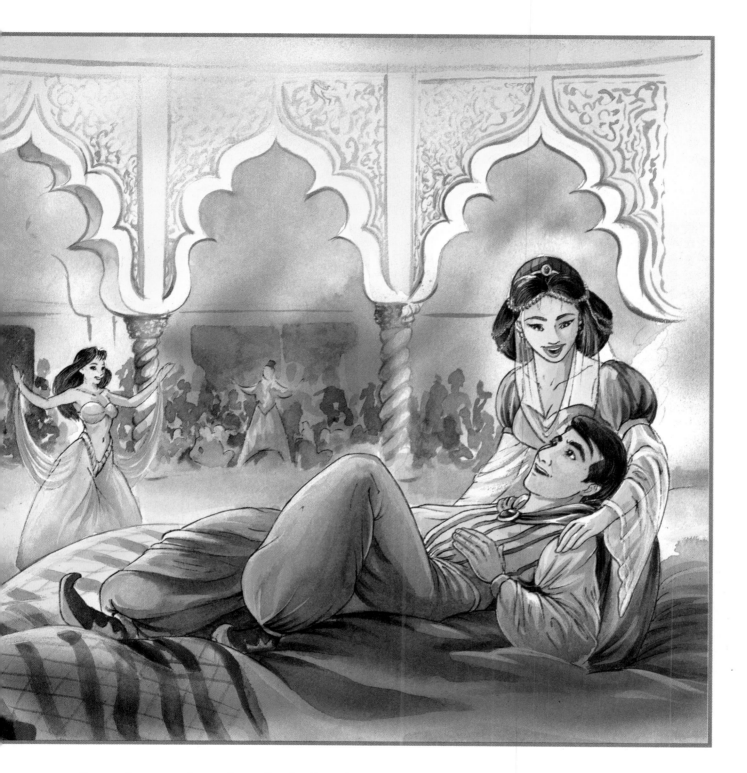

Le sultan et la mère d'Aladin furent heureux de revoir leurs enfants. Une grande fête fut organisée au palais, pour tous les habitants du royaume, afin de célébrer le retour du jeune couple.

Aladin et Halima vécurent heureux et on peut encore voir leur sourire chaque fois que l'on polit une vieille lampe à huile !

ALI BABA
ET LES QUARANTE VOLEURS

I L Y A de cela très longtemps, dans une petite ville de Perse, habitaient Ali Baba et sa femme. Comme ils étaient très pauvres, Ali Baba ramassait du bois qu'il revendait en fagots.

Un jour, alors qu'il était dans la forêt, Ali Baba entendit le bruit retentissant de chevaux qui approchaient au galop. Effrayé, il grimpa dans un arbre pour s'y cacher.

Quarante hommes à l'allure peu rassurante s'arrêtèrent juste en dessous de lui!

Le chef mit pied à terre et, se plaçant devant une grosse pierre, ordonna :
– Sésame, ouvre-toi !

Aussitôt, la pierre roula lentement, découvrant l'entrée d'une caverne, et les quarante voleurs disparurent à l'intérieur avec leurs sacs remplis de trésors.

Lorsqu'ils en ressortirent, quelques instants plus tard, leur chef ordonna :
– Sésame, ferme-toi !

La pierre se remit alors en place et les voleurs s'éloignèrent en gesticulant et en riant aux éclats.

ALI BABA n'en croyait pas ses yeux. Vite, il descendit de son arbre et courut jusqu'à la pierre.

– Sésame, ouvre-toi! cria-t-il avec assurance.

La pierre roula et Ali Baba pénétra dans la caverne où il découvrit plus de richesses qu'il n'en avait jamais vues. Des coffres de bijoux, des sacs de pièces d'or et d'argent, des vases, des plateaux, des assiettes et de lourds tapis étaient empilés et entassés sans aucun soin.

«Ils ne remarqueront même pas si je prends quelque chose», se dit Ali Baba.

Et il s'empressa de remplir quatre sacs de pièces d'or avant de s'en aller.

DE RETOUR chez lui, Ali Baba et Fatima, sa femme, tentèrent de compter les pièces, mais il y en avait beaucoup trop! Tout énervé, Ali Baba alla emprunter la balance de son riche frère Kassim.

– Qu'est-ce que tu peux bien avoir à peser? demanda Kassim. Tu es tellement pauvre.

– Ce soir, je suis enfin riche, répliqua Ali Baba et il raconta son aventure à Kassim.

Tandis qu'il décrivait les richesses qu'il avait vues, Ali Baba remarqua une étrange lueur apparaître dans les yeux de son frère.

– Es-tu certain que personne ne t'a pas vu entrer dans cette caverne? demanda Kassim.

– Tout à fait certain! répondit Ali Baba.

KASSIM était cupide et il n'avait jamais assez d'argent. Il courut donc à la caverne, la nuit suivante, et cria :

– Sésame, ouvre-toi! tout comme l'avait fait son frère Ali Baba.

Une fois à l'intérieur, il se mit à remplir des sacs de bijoux et de pièces d'or. Il était si absorbé par ce qu'il faisait qu'il n'entendit pas les chevaux arriver. Le chef, furieux, prit Kassim sur le fait. Il le découpa en morceaux qu'il abandonna à l'extérieur de la caverne.

Le lendemain matin, à la première heure, la femme de Kassim courut chez Ali Baba.

– As-tu vu mon mari? demanda-t-elle, inquiète.

– Non, répondit Ali Baba, non sans craindre pour Kassim.

Il se rendit donc à la caverne et y trouva le corps dépecé de son frère. Il enveloppa le corps dans un tapis et le rapporta chez lui. Quelqu'un devait cependant recoudre les morceaux avant que l'on puisse offrir des funérailles décentes à Kassim.

Ali Baba ne voulait pas que les voleurs sachent que c'était lui qui avait pris le corps de son frère. Il demanda donc à sa fidèle servante, Morgantina, de s'occuper des préparatifs.

MORGANTINA engagea les services du cordonnier du village pour recoudre le corps de Kassim.

— La famille est prête à te payer largement si tu nous permets de te bander les yeux, expliqua-t-elle.

Le cordonnier accepta et Morgantina le conduisit les yeux bandés jusqu'à chez Ali Baba.

— Le cordonnier ne pourra jamais savoir où nous demeurons, dit Morgantina à Ali Baba. Jusqu'à maintenant, nous sommes saufs.

Lorsque le cordonnier eut terminé son travail, on lui banda de nouveau les yeux et Morgantina le raccompagna chez lui.

Les quarante voleurs eurent tôt fait de s'apercevoir de la disparition du corps de Kassim et d'en conclure que quelqu'un d'autre connaissait leur caverne magique. Alors le chef envoya un de ses hommes espionner en ville. Par hasard, le voleur demanda au cordonnier s'il n'avait rien remarqué de particulier, ces derniers temps.

— Je parlerai en toute franchise en échange d'une petite récompense, avoua le cordonnier.

Contre quelques pièces d'or, le cordonnier raconta le travail étrange qu'il avait dû accomplir.

– Je vais te montrer où je suis allé, car je me rappelle combien de pas et combien de détours j'ai faits les yeux bandés, précisa-t-il.

Et sans aucune hésitation, il conduisit le voleur à la maison d'Ali Baba.

Le voleur s'empressa de peindre une grande croix rouge sur la porte de la demeure et courut retrouver ses acolytes.

– Nous tuerons Ali Baba et toute sa famille à la tombée de la nuit, déclara le chef. Plus personne ne doit pénétrer dans notre caverne.

PENDANT ce temps, Morgantina, qui rentrait chez Ali Baba, vit la croix peinte sur la porte et se douta d'un complot. Très futée, elle eut l'idée de peindre des croix rouges sur toutes les autres portes des maisons de la rue.

Cette nuit-là, les voleurs furent incapables de reconnaître la maison d'Ali Baba.

Le chef était furieux!

— Espèce d'idiot! hurla-t-il au voleur qu'il avait chargé de la mission. Tu vas payer pour ton manque de jugement et pour ta stupidité!

Et sur ces mots, il tua le voleur d'un coup de sabre.

LE CHEF retourna chez le cordonnier et le paya de nouveau pour qu'il lui indique la maison d'Ali Baba. Cette fois, le chef repéra exactement où se situait la maison.

– On ne me trompera pas deux fois! grommela-t-il.

Le lendemain, il acheta trente-neuf grandes jarres au marché et il ordonna aux voleurs de se cacher dedans. Puis, il remplit la dernière jarre d'huile d'olive et referma chacun des couvercles.

– Restez tranquilles jusqu'à mon signal, expliqua-t-il à ses hommes. À mon commandement, vous vous précipiterez dans la maison et vous tuerez tous ses occupants.

Les jarres furent installées dans une charrette que le chef conduisit jusque chez Ali Baba. En arrivant, il frappa à la porte.

QUE puis-je faire pour vous? demanda Ali Baba qui ne reconnut pas le chef des voleurs.

– Je suis un marchand d'huile, répliqua le chef, et je cherche un endroit pour dormir cette nuit.

– Entrez, joignez-vous à nos invités, répondit Ali Baba sur un ton cordial. Faites-nous l'honneur de partager notre repas!

Le chef remercia Ali Baba et alla décharger ses jarres dans la cour.

Puis il cogna une fois sur chacune d'elles pour prévenir ses hommes qu'ils étaient arrivés chez Ali Baba.

MORGANTINA préparait le repas lorsqu'elle apprit que le marchand d'huile était leur invité. Aussi décida-t-elle d'aller lui emprunter une peu d'huile d'olive fraîche.

À sa grande surprise, en soulevant un couvercle, elle entendit une grosse voix demander :

– Maintenant ?

– Non, marmonna-t-elle d'une voix grave en courant à une autre jarre.

Elle trouva ainsi un homme caché dans chaque jarre et, à chacun, elle répondit d'une voix grave :

– Non, ce n'est pas encore le moment.

Morgantina comprit que le marchand d'huile était un imposteur et que son maître courait un grave danger.

Morgantina finit par trouver une jarre remplie d'huile et elle la tira jusque dans la cuisine où elle la mit à bouillir. Ensuite, avec précaution, elle transporta l'huile bouillante dans la cour.

D'UN GESTE sûr et rapide, elle versa de l'huile bouillante dans chacune des jarres qui contenait un voleur, les tuant l'un après l'autre. Après, elle s'empressa d'aller auprès d'Ali Baba qui s'entretenait avec son invité.

– J'aimerais danser pour notre honorable invité avant le repas, dit Morgantina.

– Ce serait un traitement de faveur, admit Ali Baba en souriant.

MORGANTINA alla revêtir ses plus beaux atours et ses voiles les plus fins et prit de petites cymbales. Puis elle cacha une dague dans les plis de sa robe afin que personne ne puisse la voir.

Morgantina dansa avec grâce et les invités l'applaudirent tant elle était belle à voir. Elle se mit à tourner de plus en plus vite et à se rapprocher du chef des voleurs tout en lui souriant sous son léger voile.

SOUDAIN, elle se pencha au-dessus du voleur et lui enfonça la dague en plein cœur!

– Qu'as-tu fait? cria Ali Baba.

– Il allait tous vous tuer avec l'aide de ses hommes, expliqua Morgantina.

Elle conduisit Ali Baba dans la cour et lui montra les jarres contenant le corps des autres voleurs. Ali Baba se rendit compte qu'il s'agissait bel et bien des voleurs de la forêt.

– Ma famille et moi te serons éternellement reconnaissants, ma brave Morgantina, dit Ali Baba.

Et il partagea les richesses de la caverne avec Morgantina qui n'eut plus besoin de travailler comme servante. Ali Baba utilisa sa fortune sagement et généreusement, et il ne parla plus jamais à personne de la caverne ni de la façon d'y entrer.